KB194768

시간의 잔해

최장호 시집

청어

서문

인간은 시간 속에서 살아간다. 잠시도 시간 곁을 떠난 적이 없다. 시간은 모든 생물체와 무생물체의 동반자다. 인간이 시간과 이별하는 날은 인간이 세상과 이별하는 날이다. 시간은 나를 사춘기에 데려다주고 황혼기에 데려다주었다. 오래 머물렀으면 하는 시간도 있고 빨리 지나갔으면 하는 시간도 있다. 시간은 정지를 모르고 역사를 만들고 추억을 엮어낸다. 추억은 시간이 만들어 내는 귀중한 가치이며 인간의 자산이다.

흐르는 시간 속에서 자연상과 인간상을 본다. 자연사회와 인간사회의 모습은 모두 시간 속에서 자연과 인간이 살아가는 모습이다. 인간은 자연 생태환경 속에서 살아가고 자연환경은 인간이 통제하기 어렵다. 그러하니 인간은 자연환경의 지배를 받게 되고 자연의 눈치를 보고 운명을 이야기하고 화두를 만들어 낸다.

근래 폭우, 산불, 지진, 쓰나미와 같은 자연재해와 코로나 같은 세계적인 전염병 등의 피해를 보며 충격을 받는다. 자연에 의한 인류에 대한 재앙이 아닐 수 없다. 지구온난화 및 유엔기후변화협약과 탄소중립, 지구 위기, 맹그로브 숲, 산림조성 등 자연생태 환경의 중요성을 다시 생각하며 어떻게 자연과 고령화사회 인간이 공존할 수 있는가를 고민한다. 그리고 지구의 위기를 절감하며 지구 살리기에 동참하고픈 생각이 앞선다. 그런 마음가짐으로 산림청 나무 심기 행사에도 동참하고 시흥산림조합 산림문화체험단에도 참가한다.

한편 부모와 자식 간의 살인, 영아 유기와 어린이 학대, 묻지마 살인, 교사들의 학부모 관계 자살, 저출산 등을 보며 멘탈 붕괴에 빠진다. 인간의 자기 위주 이기심이 주원인으로 생각한다. 그리고 인성과 양심의 회복이 무엇보다 중요하다는 것을 절감한다. 인간의 순수한 정을 새삼 그리워한다.

숲속에서 홀로 멍때리기를 즐기며 종교 특히 불교는 생활철학이며 허무주의를 배제하지 않는다는 체험에 이른다. 또한 '신은 죽었다'고 외친 니체와 쇼펜하우어를 떠올린다. 쇼펜하우어는 '사람은 혼자 있을 때만 진정한 자신이 될 수 있다'고 나를 대변한다.

자연생태 환경과 인간사회의 위기의식이 나의 정신세계에 스며들고 은연중 내 시의 주제에 영향을 미치지 않을 수 없었을 것이다.

시는 시인의 삶을 소재로 한 문학작품이라는 말도 있지만 시를 쓴 시인의 정신세계이며 시인의 철학의 산물이기도 하다. 시 속에는 의식적이든 무의식적이든 시인의 철학이 녹아있고 정신세계가 스며있다. 그 점에서 시는 쓰는 것이 아니라 쓰이는 것이라고 할 수 있다. 시인이 천착하는 분야나 문제의식을 느끼고 있는 분야가 그의 주요 정신세계라 할 수 있고 시의 주제 내지 시 감이 아닐 수 없다. 시집은 또한 시인의 시 세계이며 정신세계의 집대성이라 할 수 있다.

또한 시는 감성과 사유의 결과물이고 느낌과 생각의 자식이라 할 수 있다. 시를 읽을 때마다 시를 쓴 시인은 무엇을 보고 어떻게 느끼고 무슨 생각을 하였나를 궁금해한다. 또 그 사유의 폭과 깊이를 헤아려본다. 사유의 폭과 깊이가 크고 진하게 느껴질수록 울림이 크다.

땅과 나무를 벗하며 숲속에서 살면서 자연사회와 인간사회를 보고 느끼고 생각하며 시를 쓴다. 보이는 대상은 같아도 느낌은 볼 때마다 다르다. 심지어 보이는 대상의 각도에 따라 사물은 달라지기도 한다. 인공위성에서 촬영한 지구의 모습도 시간과 각도에 따라 달라 보인다. 생각은 가변적이며 이는 단순한 개념을 넘어 분석과 구성, 추리 등의 이성 작용을 포함하는 시적 사유(思惟)로 이어진다. 사유는 머리나 가슴속에 내장된 영상을 두고두고 종합적, 입체적으로 분석하고 추리하며 생각해 낸 결과물이다.

시를 쓴다는 것은 자기의 느낌과 생각을 안과 밖을

향하여 외치는 것이다. 내가 나를 향해서 또한 남을 향해서 도장을 찍는 것이다. 내가 나를 일깨우게 하고 잊히지 않게 의식 속에 사진을 찍어 놓는 것이다. 사회를 향해서, 나라를 향해서, 세계를 향해서 그리고 미래를 향해서 절규하는 것이다. 이러한 나의 외침은 내 몸에 옹이가 생기게 하여 나와 남을 새삼 깨닫게 한다.

원로 김양식 시인이 내게 들려준 말이 잊히지 않는다. 캐나다의 명사 시인을 만나 우리나라 최고 시인의 영어 번역 시집을 보여주었을 때 멜랑꼴리하다, 센티멘탈하다고 하며 시는 힘이 있어야 한다고 말하였다 한다. 시의 힘이란 무엇인가? 시의 내용과 시작기법에 모두 해당하는 말이 아니었을까 생각해 본다. 나는 사물을 나의 시각과 안목으로 관찰하고 그 감각을 시로 표현하기도 하지만 사회상을 직시하고 사회성 있는 메시지를 전달하려고도 한다.

시간이 떠나간 흔적을 뒤쫓는다. 겨울에도 쭈글쭈글하게 매달려 있는 홍시처럼 다 떠나간 후 남아 있는 시간의 잔해를 발견한다. 그리고 화두를 좇듯 시간의 촉매 작용을 추적한다. 시간은 무엇을 남기고 떠나갔을까? 시간의 냄새를 따라가 본다. 이 시집은 그러한 의식과 감각 속에서 탄생하였다. 특히 코로나와 지구의 위기를 절감하며 자연 세계와 인간세계를 시로 탐사하였다. 시를 읽으며 바로 공감할 수 있도록 난해하지 않게 시를 쓰고자 하였다. 난해시보다는 시를 읽으며 가급적 전두엽까지 동원하지 않고 눈에서 이해하도록 하는 편에 섰다.

돌이켜보면 중학교 2학년 때부터 학교신문에 시와 수필을 발표하기 시작하고 문예반에 들어가기도 하였으나 그 후 반세기 넘어서야 늦깎이로 등단 절차를 밟고 본격적으로 시와 수필을 쓰고 발표하기 시작하였다. 그리고 여생과 동반하게 되었다. 그간 모아놓은 수필 원고를 정리하여 2006년에서야 수필집을 발간하였다. 그다음 그간 가지고 있던 시 원고 일부를 간추려 2018년에 이르러서야 첫 시집을 내놓았다. 그로부터 1년 후 제2 시집을 발간하고 이제야 제3 시집을 선보인다.

이번에 내놓는 시집이 얼마나 울림이 있을지 모르지만, 자연과 인간에 대한 위기의식, 고민, 사유의 결과물이다. 특히 코로나, 노인 문제, 범죄 그리고 태풍, 화재, 지진 등의 기후 이변, 환경 파괴와 같은 지구 생태계에 대한 위기감을 시로 숙성시키고자 애썼다. 술은 세월이 숙성시켜 주지만 사람은 고민 내지 사유가 숙성시킨다. 고민 내지 사유를 많이 한 사람은 그것을 덜 한 사람보다 숙성도가 높다. 시 또한 그러하다.

이 시집에는 《월간문학》, 《PEN문학》, 인터넷 신문 《시인뉴스》, 《문학공간》, 《문학생활》 등에 발표한 시들이 포함되어 있다. 또한 원고 청탁에 따라 시를 쓴 것도

있다. 한국문인협회 시 분과위원회, 한국산림문학회 등
에서 어머니, 독도, 경주 유적이나 명승지, 산림 등 주
제를 정해주어 원고 청탁자의 요구를 의식하여 시를 쓴
것이다.

4년여에 거쳐 만들어진 시 원고가 150여 편에 이르
러 표현보다 의미 위주로 여섯 개의 주제로 간추려 114
편을 묶는다. 이 시가 문학을 통하여 독자의 공감을 얻
고 우리가 선한 인성을 회복하며 생태환경 보전에 애쓰
고 인간과 지구를 살리는 데 보탬이 되었으면 좋겠다.

특히 이번 시집에는 4살짜리 귀염둥이 외손녀 나은
이로부터 받은 영감 내지 모티브로 쓴 시가 여럿 있다.
아기 보기가 밭일하기보다 힘들다지만 아기 보는 기쁨
이나 소득 또한 그에 못지않다. 나은 이를 보살피는 최
민영, 홍등불 가족 그리고 우리 오 남매 가족이 언제나
건강하고 행복하기를 빈다. 원제와 가영이가 끝없는 도
전으로 인간과 자연사회에 기여할 수 있기를 기원한다.

2025. 2
반달(半月)숲에서

차례

2부   시간과 역사

3부 자연사회

4부   고령사회와 인간

5부   생명과 환경

1부

숲과 산림문화

이슬

드러나지 않는 설움이
옹이 되어 들어앉고
켜켜이 쌓인 세월이
나이테만 남기고 떠나가면
맺히고 맺힌 천년 한은
눈물로 내려와
안개 서린 풀잎 위에
동글동글 자리 잡는다

눈물의 무게를 지탱하는 풀잎은
힘에 겨워 띠뚱 거리고
광합성작용을 준비하며
억센 생명력을 일깨운다

얼굴에 피멍 들어 친정으로 쫓겨온 누이동생의
깊숙이 응어리진 새까만 한(恨)과
남에게 들어내는 가슴앓이가 부끄러워
아침 햇살이 찾아올 때쯤이면
스스로 자취를 감춘다

슈퍼맨

지구는 치솟는 더위로 땀을 흘리고
산소까지 부족하여
풀이 죽어 있다

북극의 빙하조차 쩍쩍 갈라져 녹아내리고
도시는 더위로 헐떡거릴 때
화마는 산을 잿더미로 덮는다

인간과 동물이 품어 대는 탄소는
지구온난화에 박차를 가하고
생태계의 환경을 위협한다

숲은 배출된 탄소를 흡수하며
지구의 체온을 끌어내리고 산소를 내 품어
지구를 위기에서 탈출시킨다

백합나무

참으로 멀리서 출가했구나
북미에서 이곳 한반도까지
혈혈단신 임을 찾아 떠나오지 않았더냐
너는 오뉴월이면
노란 튤립형 꽃을 피워 아름다운 자태 뽐내고
산 설고 물 선 이국땅에서
배앓이 한번 없이 잘 견디어 내고
이 땅에 뿌리를 내리지 않았더냐

시집살이하면서
이 땅에서 배출되는 탄소를 거두어
탄소중립에 기여하고
공기청정기 되어 공기 정화와
기후 온난화를 저지하며
환경보전에 헌신하지 않았더냐

주위를 노랗게 물들이는 너의 고운 자태로
이 땅은 더욱 아름다워지고
생태계가 보존되어
살기 좋은 금수강산이 되고 있지 않더냐

너의 자손은 대대손손 이 땅에서 번성하고
탄소 중립화와 생태환경 보존에 기여하며
세계에서 으뜸가는
공기 청정국의 꿈도 실현하지 않겠느냐

선재길*

중생은 누구나 들어갈 수 있다는
문짝 없는 일주문**을 지나
전나무 솟은 오솔길로 들어서면
만다라 흐르는 청정 계곡이 좌선으로 영접한다

계곡물은 적멸보궁 바라보고
도량을 지나며 명상으로 득도하고
해탈의 경지에서 낮은 곳으로 흐른다

나는 누구인가를 화두로 숲길을 걸으면
마음은 어느새 속세를 벗어나고
깨달음은 물소리 바람 소리에 귀 기울이고
무소유 끌어안고 무주상보시*** 마음에 새긴다

*오대산 월정사 계곡 옆 전나무숲길
**사찰의 첫 번째 문으로 월정사 입구에 있는 대문
***불교 금강경에서 중시하는 남에게 베푸는 자비심

단풍

발효되는 시간은
지칠 줄 모르고 달려가며
더위를 몰고 오고
풋내를 풀풀 풍기던 어린 것들을
익히고 키운다

점점 숙성해진 나무의 얼굴은
모양새는 다르더라도
한 마음으로 통하고
체면을 의식하게 된다

더위가 물러갈 즈음이면
더위에 드러낸 나신이 부끄러워
몸을 움츠리기 시작하고
낯선 바람이 벌거벗은 몸을 훑고 지나가면
너무도 창피하여
얼굴은 붉게 물든다

감악산 출렁다리

첫사랑에는
잠을 설치게 하는 설렘이 숨어있고
조심스럽게 다가가는 두근거림이 앞서네

심산유곡 허공에 길게 드러누운 나신은
멀리서 굽어보는 해마저 부끄러워 살랑거리고
바람이 밀어댈 때마다 온몸이 출렁거리네

설레는 마음 가득 안고 다가가면
두근거리는 마음 걷잡을 수 없이
바람에 펄럭거리네

사춘기를 다시 만난 노구는
잔잔한 설렘으로 다가가고
두근거리는 마음 가득 안고
조심스레 첫사랑을 만나네

인근의 38선은 남북을 단절시키고
사랑마저 갈라놓지만
첫사랑은 끊어진 마음 이어주고
자연과 인간을 하나 되게 하네

간벌

햇볕이 온몸을 어루만져 주니
얼굴에서 빛이 나고
비타민 디가 전신에 흐른다

면역체계는 강화되고
혈류는 힘차게 순환하여
오장육부가 튼튼하여진다

햇살이 온몸을 훑을 때마다
얼굴은 붉어지기도 하나
전신에 힘이 뻗치고 정신은 맑아진다

인간이 너무 빽빽하게 들어차니
햇볕이 들어올 틈이 없어지고
중생은 여기저기서 시들어 간다

악의 무리를 솎아내니
간격은 벌어지고 햇볕이 쏟아져 들어와
더불어 사는 인간사회에 활력이 공급된다

아카시아의 계절

은백색의 화관을 전신에 얹을 때면
코끝으로 스미는 향기가 미소를 불러오고
밀원을 찾는 꿀벌이 입맞춤하네

태양이 뜨거울수록
꽃잎은 더욱 푸르고
향기는 더욱 진하네

가위바위보에 한 잎씩 떼어내던
유년의 추억은
꽃잎에 맺혀있네

사랑이 무르익으며
자손은 곁에서 퍼져나가고
온몸에 물이 올라 힘이 뻗치네

숲의 운명

한여름이 울어댄다
한여름의 불청객이 계절을 강타할 때마다
물과 뭍의 경계는 허물어지고
낮과 밤의 구별을 어렵게 한다

바다가 울어댄다
거친 바람이 성질부리며 바다를 밀어붙일 때마다
바다는 악을 쓰며 몸부림치고
방파제는 힘에 겨워 숨을 헐떡거린다

산이 울어댄다
나무가 요동치며 울부짖을 때마다
텔레파시를 통한 듯
산도 몸부림치며 발작을 한다

역사가 울어댄다
거센 태풍이 길길이 날뛰던 날
뿌리 깊은 나무 밑동은
속살 드러내며 벌렁 나자빠지고
수백 년을 지탱해 온 역사가 종말을 고한다

가을 본색

계절은 무르익으며
존재감을 드러내고
뽐내고 싶어 한다

산 위로 쭉쭉 뻗은 나무들
산 아래로 쫙쫙 퍼진 나무들
모두 멋 부릴 기회만 엿본다

무더위가 철수를 시작하고
서늘한 바람이 두 뺨을 스치면
기회를 만난 듯
새로운 변신을 도모하고
화장을 시작한다

얼굴은 연분홍으로 밑 화장을 깔고
차가운 바람이 거세질수록
색조 화장을 덧입힌다
매서운 겨울이 몰려올 때쯤이면
진홍색 물감을 쏟아붓는다

할미꽃

대대손손 이어지는 유전자 때문일까
거역할 수 없는 운명 때문일까
평생 조신하다

가냘픈 몸은 하늘을 바라보면서
언제나 다소곳하고
두 손 모아 기도한다

묘소의 주인이 천국에서 행복하고
자손들이 부귀영화 누리게 해달라고
목이 떨어지도록
간절하게 빌고 또 빈다

성묘 못 하는 후손을 대신하여
산소 곁에 홀로 서서
대를 물리며 낮 밤으로 충성한다

파랑새 수목장

그리워한다는 것은 죄를 짓는 것이니
남모르게 가슴 깊이 숨겨 두어야 한다
가슴 밖으로 나온다면
언제 변을 당할지 모른다

파란색 줄무늬 선명한 파랑새 한 마리
현관 유리문 앞에 쓰러져 있다
손바닥 만 한 몸 전체에 파리가 들끓어
현관문 열기에 앞서
그의 주검을 생각하게 한다

숲속 맘껏 날아다니지만 인간 세상 부럽고
오순도순 재미있게 사는 인간 세상 그리워
숲속의 집 창문 통해 집안을 들여다보았다
새들만 지지배배 하는 줄 알았는데
인간들도 찧고 까불어
인간의 집이 너무도 그리웠다
그의 푸른 꿈은 인간의 집에서 사는 것
그리움 못 참고 숲속의 집 찾았다가
변을 당한 것이다

그리움 한 덩어리 뒤뜰에 묻는다
청운의 꿈이 사라지는 것 같아
푸른 꿈이 이루어지도록
청 단풍 밑으로 보낸다

2부

시간과 역사

족보

빛바랜 세월 속에
끈적끈적한 인연들은 종횡으로 늘어서고
세포는 분열되어 사방에 흩어져도
지워지지 않는 유전자는
핏줄에 도장을 찍는다

수물거리는 울타리 속에
계파는 호를 짓고
성골은 글자 수를 늘린다
잘못 만난 인연들은
나타났다 사라지고
우뚝 선 선조는
가계를 빛낸다

삶에 겨운 끝자락은
챙길 겨를이 없고
전자 우주 시대로 줄달음치는 세월 따라
종이 너머 인터넷 타고 간다

시간의 잔해

과거의 골짜기에는 시간의 잔해가 방치돼 있다
시간의 그림자가 미련이 있는 듯 주변을 서성거린다
한때는 세월을 휘어잡고
세상의 부러움을 독차지하기도 하고
늘어선 하객들로 문전성시를 이루었지만
바람이 날려버린 시간 속으로
권문 세도의 공간은 휩쓸려 갔다

세상을 호령하던 선조들도 역사 속으로 사라지고
수 대에 이룩해 놓은 가문도 시간 따라 떠나가고
세월을 증명하던 공간은 세월의 사체만 남겼다

공간이 사라진 자리에는 누구 하나 얼씬거리지 않지만
바람만은 변함없이 마실 다닌다
시간은 골동품을 만들어 내지만
망각되지 못한 시간의 잔해들은
환경 폐기물로 나뒹굴 뿐이다

붉은 4월

죽어갔던 계절이 불꽃 되어 돌아오면
4월은 붉게 물들고
부활절을 맞이한다

달려오는 탱크 앞에서
젊은 피는 독재 타도를 외치고
세상을 바꿨다

진달래 붉게 피던 날
4월의 젊은 피는 시가지를 붉게 물들이고
피어 나지 못한 꽃망울로 지고 말았다

계절은 쉼 없이 순환하고
세상은 끝에서 윤회하며
역사는 과거를 살려낸다

티에스 엘리엇은 황무지로 피어나지만
사월에 피지 못한 꽃망울은
역사에서 새롭게 피어난다

상모돌리기

쇠재비가 부포 상모를 돌린다
꽃이 된 깃털이 회오리바람을 일으킨다
상모만 돌고 도는 것이 아니고
쇠재비도 돌고 돈다

쇠재비는 세상을 돌린다
극과 극이 뒤바뀌도록 돌리고 돌린다
음지가 양지 되라고 돌리고
기구한 팔자 거꾸로 되라고 돌린다

쇠재비는 시간을 돌린다
힘든 세월 속히 날아가라고 돌리고 돌린다
상모돌리기가 멈추면 시간도 멈추고
쇠재비의 인생도 멎는 것이다

쇠재비는 불교에 경도되어
윤회에 빠져있다
불행의 끝은 행복으로 이어지고
둥근 원으로 돌고 도는 세상 이치를 곱씹는다
쇠재비는 자신의 인생이 역전되도록
운명이 바뀔 때까지 돌리고 싶은 것이다

병풍

빛바랜 한지에는 내력이 스며있고
정겨운 먹글씨에는 조상의 혼이 살아있네
기일마다 영정과 만나는 가보는
가훈을 역설하고
대대로 대물림 되어
가문의 법통을 입증하네

폭마다 우러나는 조상의 혼은
줄줄이 맥이 이어져
가문의 전통을 엮어가네

기일마다 부활하는 선조는
어떤 공간이든 중심이 되어
제상 차릴 수 있게 하고
후손의 큰 절에 응답하여
가족 간 세대 간의 화목을 훈육하네

행복의 복기

잠시 멍때리며 육신이 허물어지면
묻어둔 과거가 손짓하며 다가오고
떠나간 미소가 되돌아온다

캘리포니아 서부 단독 주택가엔
싱그런 향기가 온몸을 감싸는
보라색 꽃나무가 이방인을 기다리고 있었다

동트는 새벽 집 밖으로 나가면
선잠이 깬 자카란다가 길목을 지키고
향기를 품어내며 보라색 꽃다발을 안겨주었다

종일 여유로울 수 있으니
보라색 뿌리는 자카란다에 빠져
허리띠 풀어 놓고
한 잔의 여유를 음미하던
자카란다의 세월이 되돌아온다

물때 씻기

살아 있는 과거를 지운다
철 수세미로 빡빡 긁어내어
낡은 세월 벗겨 내고
새 역사를 입히고 싶은 것이다

살아 있는 과거를 지운다
내 몸 때 묻은 헌 추억을 문질러 없애고
내 마음속 깊은 흉터를 지우고 싶은 것이다

살아 있는 과거를 지운다
집채만 한 바위에 눌려 꼼짝할 수 없었던
악몽에서 벗어나고 싶은 것이다

살아 있는 과거를 지운다
거부할 수 없는 살을 피하려
푸닥거리 한판 벌이고
모태성 모진 운명에서 벗어나고 싶은 것이다

사하라

중동의 모래사막 헤치고 뻗어나간 역사를 달린다
그 역사가 너무 길어 그 끝을 만날 수 없다
달리고 또 달려도 이어지고 또 이어지고
몸집과 크기를 잴 수도 없다
둥근 원 같기도 하고 직사각형 같기도 하다
그 몸집이 너무 커 방향감각을 느낄 수 없다

몇천몇만 년을 호흡하며
모래의 심장을 뛰게 하였던가
간간이 보이는 피라미드와 오아시스도
자기 혈육 아니던가
인간은 자기 편한 대로 기원전과 기원후로 나누고
역사는 기원전부터 모래 속에 잠겨 있다
육신은 윤회시키지 않고 미라로 되살려낸다

필레 신전과 아부심벨은 모래 속에서 회생하고
람세스와 알렉산더도 모래에 체취를 남기며
시저와 클레오파트라도 이곳에 살아 있다
사하라는 인물을 만들고 역사를 엮어 낸다

겨울밤

소복 입은 손님이
소리 없이 찾아오는 밤이면
춥고 긴 겨울은 여기저기 널려있고
휘영청 달빛 아래
누렁이와 나돌아다니고
꽁꽁 언 두 손에
멘소래담 발라주시던 어머니
아침 학교 갈 때 신고 갈 신발
아궁이 옆에 놓아주시던 할머니
모두 이름 없는 장편 소설가였네

어둠에 둘러싸인 긴 터널은
끝이 보이지 않고
어머니 할머니의 이야기 실타래는
끝없이 이어지고
직사각형 유리 박힌 문풍지가
바람에 펄럭거려도
이야기에 취한 방안은 훈훈하기만 하였네

방안의 콩나물시루는 아랫목을 내어주고
아궁이에서 꺼낸 군고구마는
식을 겨를이 없고
아랫목 한 이불 속에서
할머니 어머니와 발을 맞대고 있으면
손님도 조용히 집안의 이야기에
귀를 기울이며
밤새 가족과 함께하였네

따뜻한 겨울밤은 왜 그리 짧기만 하였던지

상처

비가 내리면 언제나
무겁게 숙연해지고
시린 추억이 눈시울을 붉힌다

아무리 부드럽게 내려앉아도
온몸이 찌르르하고
아문 상처를 재발하게 한다

빗소리만 들어도
가슴은 파장이 일고
슬픔이 짙게 물든다

빗소리가 잠잠하고
빗소리가 멀어져 가도
마음은 빗속을 거닌다

비가 종일 내리던 날
벚꽃은 떨어지고
임도 멀어져 갔다

백목련의 은덕

내 젊은 시절이 숨어있는 모교에는
백목련이 도서관으로 이어진 언덕길을 굽어보고
드러나지 않은 역사를 반사한다

4월이면 앙상한 몸에서
윤기 흐르는 비단으로 피어나
후광처럼 눈이 부셨다

혈혈단신 상경한
청운의 꿈은
백목련과 벗하였다

한여름이면 그가 만들어 준 그늘 아래
장기를 두고
도서관으로 발길을 옮기곤 하였다

때로는 벗을 보러 갔다가
도서관까지 드나들더니
노년에는 비단길을 가고 있다

이력서

보름달 같던 둥근 얼굴에 각이 보인다
양 볼은 쏙 들어가고
턱은 송곳처럼 뾰족해진 것이다
철없이 받아먹기만 하던 어린 시절
고무풍선처럼 터질 듯 팽팽하고 윤기가 흘러
호빵이란 호를 달고 살았다

고민과 시련은 화학반응을 일으키고
생김새를 이지러뜨린다
모양도 변하고 색깔도 변한다
불그스레하던 얼굴은 어느새 사라지고
꺼칠해지고 거무튀튀해진 지 오래다

이마는 왕 주름 잔주름으로 글씨를 쓰고
대소사가 주름으로 기록된다
이마의 주름은 인생의 기록이다

관상이란 무엇이던가
얼굴을 읽어내는 것 아니던가
바른 사람은 바른대로 굽은 사람은 굽은 대로
읽히는 것이다
나이 마흔이면
자기 얼굴에 책임을 져야 한다 하고
주름 하나하나에
굴곡 있는 인생사가 엿보인다

굳이 종잇장에 쓰인 경력 사항을
보자 할 필요는 없다
얼굴을 읽으면 되는 것이다
얼굴에는 지난 세월도 보이고
다가오는 세월도 보이니
사람을 취할 땐 면접을 하는 것이 아니던가

익어가기

익어가는 것은 달라져 가고 속을 채운다

푸른색이 누렇게 되는 것도
색깔이 더욱 짙어 가는 것도
모두 점점 익어가는 것이다

크기가 점점 커지는 것도
부피가 점점 늘어나는 것도
모두 점점 익어가는 것이다

무게가 점점 무거워지는 것도
냄새가 점점 진해져 가는 것도
모두 점점 익어가는 것이다

밤나무의 밤송이도 무르익으면
가지를 늘어뜨리고 알밤을 쏟아 놓는다

익은 것은 고개 숙이고 남을 위하여
자신을 내어놓는다

세월

세월에는 녹이 슬지도 않고 먼지도 쌓이지 않네
녹이 슬고 먼지도 쌓이면
세월도 빽빽하여 돌아가지 않을 텐데
고장 한번 없이 잘도 돌아가네

세월은 누구보다 먼저 생겨 나와
인간에 우선하고 인간에 역사를 입히네
세월은 태고에서부터 증거하고
영겁으로 이어지네

세월은 희로애락을 담고 길흉화복을 가져오니
세월을 품은 가슴앓이는
세월과 동행해도
세월을 지우지 못하네

세월을 떼어 내려 해도
뼛속 깊이 달라붙어 떨어지지 않고
다스릴 수도 없으니
세월에 매달리는 수밖에 없네

행복 배송

어느 때라도 상관없고
어디라도 문제없어
주문만 하면 쏜 살이 된다

물건만 배달하는 것이 아니고
사람이라도 오토바이에 얹어
특급으로 날릴 수 있다

시간 장소 불문하고
항시 급배송한다고
로켓배송이라 한다

행복도 주문만 하면
언제 어디든
급배송하여 줄 수는 없는지

눈이 내리면

흰 축복이 펑펑 쏟아져 내려오면
두 눈은 쏟아지는 과녁을 응시하고
곧장 멍때리기로 들어가네

후두엽에 쌓인 필름을 펼치며
소싯적을 달릴 때
축복은 미소를 동반하네

편도체는 정서를 움직이고
해마는 젊은 날의 낭만을 기록하여
멍때리기는 눈길 넘어 꿈길을 거니네

신분 파괴

양반 사회는 봉건사회와 결을 같이하고
신분 차별을 부정할 수 없으며
서재는 신분을 반영한다

서재는 책 읽기 좋고 글쓰기 좋아
선비의 반려로 사랑받았고
현대는 부의 상징으로 비치기도 하나

서재는 공간을 단절하여
넓게 볼 수도 멀리 보기도 어렵고
외부와의 소통을 차단하기도 하며
더욱이 사고의 영역을 한정시킨다

지필묵 없어도 글을 쓸 수 있고
어느 곳에서든 책을 볼 수 있는 시대가 되니
벌집 같은 아파트에 서재가 무슨 대수인가

카페에 앉아 노트북을 열면
책도 읽고 글도 쓸 수 있으니
서재는 시대의 유물이 되어가지 않는가

컴퓨터가 지필묵이 되고 현대판 서재가 되니
컴퓨터만 가지고 다니면 그만이라고
정지된 공간보다 움직이는 공간이 선호된다

컴퓨터는 새로운 서재를 만들고
신분을 허물고
평등사상의 깊이와 넓이를 더한다

집

돌아갈 곳이 있고
가고 싶은 곳이 있어
마음은 안정되었네

나를 기다리고
나를 반겨주는 곳이 있어
서둘러 돌아가고 싶었네

눈을 감아도
눈을 떠도
그곳에는 어머니가 계셨네

그곳에 들어서면
언제나
어머니부터 찾았네

그곳에 들어가 어머니가 안 계시면
마음은 허전하고
앉지도 못하고 서성거렸네

어머니가 외출 중이란 것을 알면
그날은 풀이 죽고
서둘러 들어가고 싶지 않았네

어머니가 떠나가신 후
갈 곳을 잃고
마음을 잡지 못하였네

집은 어머니이고
어머니는 집이고
언제나 가고 싶은 마음의 고향이었네

말의 전설

울타리 밖으로 말의 마음이 흐른다
울타리 안에 있는 마음은
언제나 울타리 밖에 있다
세상천지를 거침없이 달려가고 싶은 마음은
밤낮으로 끊긴 적이 없다

혈통을 생각하며 유전자를 탐색한다
질주 본능을 상속하고
동양을 넘어 서양을 달리지 않았던가

대초원은 말이 주인이다
대평원을 질주하며 세계를 누비면
누구도 막아서지 못하였다

인간들은 자기들이 전쟁에서 승리하였다고
호들갑이지만
인간 보다 말이 한발 먼저였으니
말이 전쟁에서 승리한 것이 옳지 않겠는가

13세기 몽골 초원의 말은
중앙아시아를 휩쓸고
유라시아를 정복하였다
말은 거침없이 대륙을 달리며
세상을 벌벌 떨게 하였다

자유는 극히 제한되고
대륙을 누비던 질주 본능은 억제되니
대륙의 주인으로
세계의 정복자로
천하를 그의 무릎아래 두고 달리던
그 시절 무용담이 꿈만 같아라

소리의 세계사

말발굽 소리가 지축을 흔드니
산천초목이 울부짖고
세상은 뒤죽박죽이 된다

시위를 떠난 화살 소리는
심장을 쫄깃쫄깃하게 하고
비극의 서막을 알린다

칼의 합은 섬광을 번뜩이고
칼의 합창 소리는 대지를 울리고
세계의 질서를 새로 세운다

팡파르 소리는 승리를 축하하고
세계사는 새로 기록되고
세계지도를 새로 만든다

폐가 2

오래 퇴적된 추억들이 무너져 내려
잔해들이 여기저기 흩어져 있네
기억하고 싶은 것과 잊고 싶은 것들이
나란히 손잡고 널브러져 있네

퇴락한 추억에는 이끼가 피어있고
눈총 한번에도 가루가 될 듯 바스락거리네
추억의 주인들은
추억의 껍데기는 남겨두고
알맹이만 거두어 갔네

한 사람이 아닌
한 가문의 추억이고
한 세대가 아닌
수 대의 추억이네

추억은 대물림하여
한 가문의 흥망성쇠를 증거하고
빛바랜 추억은
둥지를 떠나지 못하네

3부

자연사회

폭우

벼린 칼날이 빗살무늬로 내리치니
온 세상이 단칼에 풀이 죽는다

풀 죽은 세상은 폐기물로 던져지고
생명의 터전도 둥실둥실 떠나간다

드러나지 않은 온갖 사연과
숨겨진 꿈도 밖에서 헤맨다

차곡차곡 쌓인 추억조차
한순간 와르르 무너져 내린다

하늘이 추락하고
바다가 실성하던 날
세상의 미래도 깨어지고
순한 역사는 울부짖는다

새벽안개

날이 샐 무렵
동내 어귀에 잠입하는 게릴라는
존재를 거부하며 현장을 지운다

뭉게구름처럼 흘러가기도 하고
꽃처럼 벌어지기도 하며
거침없이 영역을 확대시킨다

여명을 이기고 기세등등한 후에는
동공을 마비시키며 지도마저 지워버려
자중지란에 빠지게 한다

수천 년을 꿈틀대 온 역사마저
한순간 동결되어 기능을 멈추고
정지되어 버린다

게릴라의 세력은 너무도 막강하여
아무도 저지하지 못하고
상처 입히지 말고 어서 물러가기만 기도할 뿐이다

코스모스의 읍소

장신 유전자는 집안 내력이니
눈에 띄는 것을 피할 수 없고
얼굴마저 곱다고 주시하니
그저 활짝 웃을 뿐

키가 크면 바람의 시샘을 피할 수 없고
시샘이 많을수록
긴 허리가 크게 휘청거리네
남들은 가을을 수놓는 가을꽃이라
즐겨 찾아주지만
휘청거리는 허리를 추스르자니
전신이 아프기만 하네

가을은 바람을 즐기고
시도 때도 없이 놀아나니
휘청거리는 허리를 곧추세우며
바람에 읍소하고 또 읍소하네
제발 바람 좀 그만 피우고
흔들지 좀 말아 달라고

박애

느티나무 고목 한 그루

하늘이 무너질까

천년을 한결같이

지구를 감싸며

하늘을 떠받치고 있네

별도 외로워

깊이 외로운 밤이면
별 동네로 마실 나간다네

위치 추적 안 되면
길을 잃을 듯도 하지만
길눈이 어두워도
길을 잃은 적은 없다네

사방 깜깜한 밤하늘에
길을 잃고 헤맬까 봐
온몸으로 신호를 띄운다네

별도 외로워
방문을 기다리며
밤이 깊어 갈수록
더욱 밝게 빛을 보낸다네

보름달

하늘 높이서 굽어보는 보름달이
씻은 무처럼 훤하고
정상에서 내려보는 모습은 우러러보이네
터질 듯 부푼 보름달이
제 무게를 이기지 못하고 기울기 시작하면
보름달은 정상에서의 영광을 그리며
조용히 사라져가네
보름달 속으로 노구를 끌고 가는
친구의 뒷모습을 바라보면
땅 위에서 기우는 보름달이 틀림없다네
길게 드리는 그림자 너머로
앞으로 몇 번이나 그 모습 더 볼 수 있을지
애잔하기 그지없다네

가을의 전령

가을은 향기로 다가온다
무성하게 퍼져나가던 아카시아가
은백색의 화관을 거둬들이면
희끗희끗하게 레게머리를 얹은 밤나무가
새로운 계절을 안내한다

이글거리는 태양에 밤꽃은 익어가고
숲의 몸통을 휘감고 빠지는 바람이
숲의 체온을 조절할 때
비릿한 밤꽃 향기는 코끝을 찌른다

수컷의 종자 냄새와 같다고
암컷들은 킁킁거리기도 하지만
밤꽃 냄새가 진할수록
가을은 발걸음을 재촉하고
가을은 출산을 서두른다

밭

피부는 일 년에 한 번 뒤집히고
기름진 밥을 먹어야
건강하게 재생된다

작물은 피부의 영양을 빨아들이고
온몸이 쭈그러드는 산고를 겪어야
새 생명은 움튼다

새 생명이 튼실하게 성장하면
건강한 자식들이 출생하고
무럭무럭 자라나
출가를 준비한다

모두 떠나고 난 빈자리에는
무심한 바람만 오가고
헤쳐진 피부는 회춘을 기대하며
다음 해를 꿈꾼다

매미 소리

가을을 재촉하는 입추는
문턱을 넘어섰건만
무더위는 미련 남아 여름을 못 보내는데
나무 위의 매미 소리 어지럽기만 하네

앞 논에서는 황금파도 소리 들려오고
뒷산에서는 밤송이 떨어지는 소리 들려오니
가을 소리의 떼창이 아니던가

매미는 여름 타고 홀로 앉아
외로워 못 살겠다
짝을 찾아 악을 쓰고

가을이 달려오는 길목에서
앞 논 벼와 뒷산 밤은 손가락 꼽아가지만
매미는 눈총만 준다고 아우성치네

구름과 하늘의 케미

구름이 허리띠 풀어놓고 낮잠을 즐기네
하늘의 품에서 곤하게 잠이 드니
하늘도 조심조심하네

구름이 소리 없이 흐르네
길 잃을세라
하늘도 곁에서 따라 흐르네

구름이 한자리에서 명상하네
자연과 인간을 화두 삼고
하늘을 붙잡고 미동도 하지 않네

구름이 시커멓게 몰려오고
하늘이 어둠을 뿌리면
인간은 비 소식을 예고하네

희망

전쟁에는 적십자 정신도 있고
항복이란 것도 있지만

자연의 침공은 물불을 가리지 않고
항복도 적십자정신도 없다

비바람을 무기로 돌격하는 태풍은
협상을 허용치 않고
오직 파괴를 즐길 뿐이다

물 폭탄을 퍼부은 지역에는
수장된 도시가 유물이 되어가고
슬픈 사연은 천일야화를 남긴다

물에 잠긴 제철소의 용광로마저
불은 꺼져버렸지만
불씨 하나 살아남아
내일을 밝힌다

목련꽃

푸른 잎보다 비단 꽃을 먼저 피워 내는
별난 운명으로 태어나
이웃에게 소리 없이 왕따당하네

언 땅이 풀리기 시작하면
발가벗은 몸으로 펄쩍 뛰어나와
환생을 자축하며
봄을 영접하네

봄이 무르익으며
온몸에 생기가 퍼져나가고
부활절을 잊지 못하여
슬픔을 농축한 함박웃음 지어내네

하늘에서 내려보는 해와 달에
전부 드러낸 나신이 부끄러워
활짝 피워 낸 함박웃음이 둘둘 말리네

나체시위

몸은 부끄러운 유전자를 대물림하니
예나 지금이나 다르지 않다
한여름까지도 속을 꽁꽁 감추다가
추석이 다가오면 부끄럼 홀렁 벗어던지고
알몸으로 공중에서 지상으로 낙하한다

모두 반지르르 화장하고 뽐내며
서로 자기를 간택해 달라고 발길을 붙잡는다
모두 적갈색으로 광택을 내어 보기도 탐스럽다

차례를 지내는 집안은
크고 윤기 흐르는 적갈색을 찾으며
둥글넓적하고 탐스러운 것부터
이리저리 고른다
뽑힌 것들조차
정성 들여 각 모양을 내고 상에 올린다
순서는 조·율·시·이로 진설하니
앞에서 두 번째 차례가 된다
제주와 참례자 들은 정장을 하고
이들에게 공손히 절을 올린다

절은 웃어른들만 받는 것이 아니고
인간들만 받는 것도 아니다
선택받은 것들은
절도 받고 극진한 대접도 받는다

부끄럼 무릅쓰고
광택을 내며 나체시위에 나서는 것은
선택받고 대접받고 싶은 까닭이다

물결

물결은 어느 쪽도 끝을 보이지 않고
멀리서 흘러 와 멀리 흘러간다네
역풍이 불어닥쳐도
멈추거나 거꾸로 흐르는 법 없고
위에서 굽어보는 구름과
사이좋게 동행한다네

물결 위로 배가 지나가면
두 몸으로 갈라졌다 다시 한 몸이 되고
흐르다 낭떠러지라도 만나면
악을 쓰며 거품을 토해낸다네

저녁때가 되면
노을을 영접하여 찬란하게 하고
밤이 되면
다리 위 가로등 불빛 끌어들여
물고기가 길을 잃지 않도록 안내한다네
다리 위를 지나는 전동차 소리에
물결은 긴장한다네

자정이 지나도
한결같이
유연하게 흐르며
잠들지 않는다네

자연의 공격

얼굴에는 철책을 둘러치고
침투에 대비하고
전 국토는 불침번을 서며
방어에 나서지만
물과 뭍에서 파상공세를 펼치며
협공까지 가해오니 당해낼 수가 없다
온 세상이 벌통 쑤신 듯 난리법석이니
하느님의 눈 밖에 난 까닭이 아니던가

태풍은 치고 빠지는 데는 이력이 나고
그놈의 발목이라도 붙잡고자 해도
인간은 역부족이다
바비는 제주도 왼쪽 옆구리를 치고 빠져
서해지역을 훑고 지나가고
마이삭은 제주도 오른쪽 옆구리를 치고 빠져
동해지역을 훑고 지나간다
바비와 마이삭은 하이선으로 이어지고
태풍은 줄지어 몰려온다
태풍은 뻔히 알고도 당하니
인간의 영역이 아니고
천재지변과 이상기후는 지역이 따로 없다

육지에서는 코로나가 기세등등한데
바다에서는 태풍이 위세를 떨치고
산불과 화산폭발에는 불가항력적이다

인간의 업보인가
하늘의 천벌인가
소돔과 고모라라도 된다는 말인가
사회지도층의 도덕적 해이가 원망스럽고
인간사회의 늘어나는 범죄가 저주스럽다
예방접종하고도 드러눕고
푸닥거리도 효험이 없고
기도발도 먹히지 않으니
가나안 복지를 찾아가거나
카타콤에 숨어들기라도 해야 할 것인지
의인 열 명을 만들거나
하느님께 아부라도 해야 할 판이다

바람의 윽박질

바람은 힘을 몰고 다가와
기분에 따라 폭력을 휘둘러
물불보다 세고 더 무서울 수 있다

바람은 성질이 고약하여
자기 길목을 가로막으면
힘으로 윽박지른다

바람이 즐겨 드나드는 길목에 들어서면
옆으로 밀어붙이기도 하고
휩쓸어 날려 보내기도 한다

바람의 길 한 가운데 벌통을 놓으니
벌은 길을 잃고 귀가하지 못하여
벌 농사를 망치게 한다

해후

사월의 해쑥을 뜯으며 꿈의 고향을 거니네
폴폴 올라오는 쑥 향 속 어머니가
눈시울을 붉히게 하네

보릿고개 다가오면 어머니랑 들녘에 나가
쏙쏙 올라오는 어린 쑥 뜯어 바구니에 담고
끼니를 때울 수 있어 발걸음이 가벼웠네

쑥국으로 밥상은 쑥밭을 펼쳐도
어머니랑 같이 먹으면 마음은 편하고
내일을 기약할 수 있었네

어머니가 떠나신 후
어머니가 된 나는
도다리쑥국으로 쑥 향을 음미하며
쑥으로 끼니를 때우던 어머니를 만나네

징검다리

이끼 낀 역사 사이로 세월이 빠져나가네
근본도 모른 채 숙명으로 치부하며
수 대가 이어지고 있지만
침묵을 삼킨 모습은 여전하네

동강 난 전설 이어주고
숱한 사연과 사건들이 오고 가고
세상은 법석거려도
따뜻한 시선 한 번 머문 적이 없네

휩쓰는 비바람에 천지가 들썩거려도
지구를 움켜쥐고 제 모습 고수하고
제 소임 다하며
숙명을 지켜내고 있네

4부

고령사회와 인간

젊은 초상

어둠이 물러가는 싸늘한 인력시장에는
도심의 영혼이 하품을 하고
발길을 찾지 못한 청운의 꿈이 무너져 내린다

코로나 광기에 움츠러든 상점 앞을 지나면
발길을 찾으려는 청춘이 도서관 입구에 줄을 서고
실낱같은 희망은 중단 없이 불타오른다

책을 펼치는 것은
학문을 하려는 것이 아니고
호구지책을 찾아내고자 하는 것이다

어둠이 잠입하는 도시의 쪽방에는
재가 되어버린 인생의 설계도가
사방에 흩날린다

가을밤

시간이 졸고 있는 동강 난 밤에는
뒤엉킨 생각들이 어지러이 널려있고
화두를 움켜쥐고 쫓아가는 수도승이 애처롭다
기를 써 본들 득도할 수 없다는 것을 알면서
면벽수행에 세월만 축내고
풀벌레 소리에 오감이 깨어난다

일렁이는 촛불 사이로 시간이 스쳐가고
여름의 뒤끝을 차지한 서늘한 계절이
무딘 감성조차 파문을 일게 한다

계절은 점점 짙은 색조 화장을 하고
낮은 점점 밤에게 시간을 양보할 때
밤의 철학은 밤의 문화를 누른다

초점을 잃은 멍때리기는
길어져 가는 밤의 모퉁이를 돌며
갈라진 생각들을 명상으로 모은다

씽씽한 노마드

새롭다는 것은 얼마나 신비롭고
생활의 활력이 넘치게 하는 것인가
또 자유는 얼마나 귀중한 것인가

한 자리서 머문다는 것은
묶어놓는다는 것이고
꼼짝 못 하고 자유를 날려버리는 것 아니던가

바람처럼 자유로운 것이 또 있을까
바람은 그냥 스쳐 지나가면 그만
집착도 없고 미련도 없이
한 곳에 묶이지 않고
마음대로 지나다니지 않는가

정착한다는 것은 집착하는 것이고
한 곳에 고인다는 것이니
고이면 썩기 마련이지 않은가
바람으로 사는 인생은 항상 새롭고
썩을 일도 없어
이곳저곳으로 씽씽하게 옮겨 다닌다

떠난다는 것은 새로운 것이고
자유의 시작이니
하루하루가 새롭고 신비로워
매일 바람의 인생을 시작한다

아버지의 일기장

책장과 눈맞춤하는 시간은
숨을 죽이고
글씨 머리에서 발끝까지 스캔하여
나를 발굴하고
죽어 버린 과거를 살려낸다

꿈틀거리는 시간 한 가운데
나의 초상은 이지러져 있고
어깃장 놓은 뒷모습에서
구겨지는 그림자는 여운을 남긴다

책장의 실핏줄이 파랗게 떨리던 날
아버지의 음성은
확대된 동공 속으로 깊이 뛰어들어
나를 질책하고 성찰하게 한다

반전

처음부터 그리 태어난 것은 아니고
세월이 그리 만든 것이다
한 몸에서 태어나
같이 자라면서
어느 것은 알맹이가
어느 것은 쭉정이가 된 것이다

사람들은 야박하게
이들을 구별하기 위하여
채로 치고 까불러
쭉정이와 알맹이로 구별하고
쭉정이는 사정없이 땅 위로 팽개쳐버린다
버림받은 쭉정이는 바람 타고 자유롭게 날아다닌다

선택된 알맹이는 귀하게 대접받고
온몸이 깨끗하게 씻기지만
거대한 쇳덩이에 집어처넣어지고
온몸은 깨어지고 으스러져
제 모습은 없어지고 눈물만 흘러나온다

자카란다의 행복

보랏빛 물든 캘리포니아 한 모퉁이에는
노년을 겁내던 중년의 세월이 묻어있다

새벽 공기를 가르고 도로에 나서면
은은한 향기가 코끝을 스치고
보랏빛 뒤집어쓴 주택가가
발걸음을 더디게 하였다

스러져 가는 육신을 다스리지 못하고
긴 터널로 빨려 들어가며
영혼의 목소리에 소스라치던 시절
보랏빛 꽃나무는 절이도록 움켜쥔
생명의 동아줄이었다

누렇게 죽어가던 대지가
겨울비로 생기를 되찾는 캘리포니아에는
희미해지는 불꽃을 돋우던
보랏빛 행복이 스며있다

자유에서 벗어날 수 있을까

인간에게 자유보다 귀하고 값진 것은 없어
얼마나 많은 투쟁과 대가를 치러왔던가
자유인은 또 얼마나 부러운 존재였던가

현대판 대재앙으로 다가와
코로나 사망자는 나날이 늘어나니
저승사자 따로 없다 난리들이다

거리 두기는 생활화되고 경기는 바닥을 기어
일거리가 줄어드니
자유는 흘러넘친다

학교 옆 문방구 아저씨도 국숫집 아줌마도
자유에 포만감을 느끼고
종일 뒹굴며 진저리 친다

몸은 자유로우나 할 일이 없으니
자유는 두렵고 고생까지 그리워져
자유에서 얼른 벗어나고 싶다

구름 품에 안기어

구름이 허리띠 풀어 놓고 한가롭다
쫓는 것도 없고 쫓길 것도 없으니
서두를 것 없고 유유자적한다

구름은 어느 때건 가볍게 떠나간다
미련이 없으니 거칠 것이 없고
가진 것 없으니 가볍고 자유로울 수 있다

구름은 어디든 거침없이 흘러간다
막는 곳도 없고 주저할 곳도 없으니
어떤 곳이건 머물 수 있고 떠날 수 있다

구름에 내 마음 올려보낸다
구름 품에 안길 수 있으니
내 마음 구름 따라 흐를 것이다

보온 덮게

북풍한설 몰아치면 작물은 호흡을 멈추고
흐르던 물도 두 손 번쩍 들고
세상은 꽁꽁 얼어붙는다

기초생활수급자는 푼돈조차 벌기 어려워지고
고독사는 소리 없이 늘어만 가며
사회는 풀이 죽는다

비닐하우스 위의 보온 덮게는
냉기를 차단하고 온기를 유지하며
혹한에도 생명을 유지하게 한다

추운 겨울 훈훈한 온정의 보온 덮게
시들어 가는 생명에 물을 주고
얼어붙은 세상에 숨을 불어 넣는다

늙는다는 것

음산한 날이면
삐꺽거리는 다리를 추슬러 보지만
독거노인은 어둑한 세상을
두 다리로 살아갈 수밖에 없어
가파른 돌계단을 내려오다 앞이 침침하여
계단을 헛딛고 허공에서 뒹구네

온몸이 꼼짝도 할 수 없어
널브러진 채로 숨을 고르자니
두뇌가 긴급하게 손가락에 지시를 내리네
떨어져 있는 자식들은 서둘러도
때를 맞출 수 없다네

지나간 세월 돌아보니 자갈길을
통통 튀기며 달려왔네
이제는 느긋하게 살고 싶어도
몸이 마음을 따라 주지 못하고
내 몸을 내가 운용하지 못하네

아이는 몸이 먼저 움직이고
어른은 머리가 먼저 움직이지만
노인이 되고 보니 머리도 몸도
모두 남의 것이 되고 마네

과속방지턱

서두른다고 다 좋다 할 것인가
서둘러서 될 일이 있고 안 되는 일이 있지 않은가
서둘러서 망치는 일이 어디 한두 가지인가

과속은 사고를 불러오고
사고는 비극으로 직진하지 않는가

자동차만의 문제가 아니고
사회생활도 다르지 않지 않는가
제동장치가 고장이 난다면 어찌 되겠는가

혼전 임신으로 결혼에 가속이 붙기도 하지만
결혼도 못 하고 인생 나락으로 떨어지기도 하지 않는가

감속과 정지는
어찌 기계장치에만 중요하다 하겠는가
과속방지턱은 사회생활의 제동장치이리니

돌잡이

돌 아기 손은
자신의 운명을 쥐고 있다
손의 움직임 따라
운명도 달라진다

아기 손은 부모 가슴을 쫄깃쫄깃하게 하고
아기 손끝은 부모의 눈동자를 키운다
붓을 잡으면 학자의 길이 보이고
청진기를 잡으면 의사를 기대한다

아기의 돌잡이는 점괘가 아니다
미래를 남에게 맡기지 않고
자신의 미래를 끌어당기는 것이고
부모의 염원에 답하는 것이다

아기가 돌상에 손대는 것은
팔자를 지배하고
스스로 자신을 이끌어가고자 하는 것이니
운명은 돌 아기 손에 달려있다

하직

낙엽 한 잎 윤기 흐르던 절정을 떠나보내고
찬 바람 부는 세월에 시신으로 나뒹군다

마른 장작더미에 싸늘한 육신이 올라타면
황천행 우주선은 이글거리는 불꽃을 밀어낸다

갠지스강 화장터는 연기와 냄새로
삶의 부산물을 품어 대고

향나무 불꽃은 미련마저 태워버리고
이승을 흔적 없이 사그라지게 한다

비틀거리며 살아온 고달픈 삶은
사바의 인연을 주저 없이 내려놓고

이리저리 흔들리는 불꽃 따라
한 줄기 연기로 소리 없이 사라진다

찻잔

비 오는 날에는 퇴적된 그리움이 억수로 쏟아지네
어둠이 내려앉은 창가에는 그리움이 고이고
무거워진 눈꺼풀 아래로 촉촉한 이슬이 스미네

켜켜이 쌓인 과거는 썰물 되어 멀어져 가도
억센 밀물 되어 되돌아오기도 하고
희극과 비극은 교차하여 흐르네

흩어 저간 추억들은 상처를 품고 모여들어
저마다의 긴긴 사연 풀어놓고
안개 속에서 뿌연 그리움으로 흘러가네

찻잔에 고인 그리움 한 모금 삼키자면
떠나버린 과거가 달려오기도 하고
가라앉은 슬픔이 솟아나기 시작하네

와이파이(WiFi)

보이지 않는 다리를 건너
소리 없이 넘나들며 만날 수 있으니
첨단 중매쟁이로 나선 지 오래다

통신 기술이 만든 다리를 건너면
과거를 다시 만날 수 있고
미래를 앞당겨 만날 수 있다

다리는 새로운 세상을 만나게 하고
세상을 바꾸기도 하니 얼마나 놀랍고 편리한가

아련한 과거가 그리우면
언제든 다리를 건너
보고 싶은 과거를 찾아가면 된다

세상천지 어디든 암호키만 입력시키면
다리를 찾아갈 수 있고
다리를 이용할 수 있다

로봇과 드론조차도 이 다리를 건너 만날 수 있고
멀리서도 작동시킬 수 있다
오늘도 보고 싶은 세상을 찾아
다리를 건너기 위해 모바일과 컴퓨터를 꺼내 든다

부모님 곁으로 돌아가고파

고즈넉한 산기슭 부모님 곁에는
고개 숙인 할미꽃 홀로 외롭고
뒤편 소나무 포근하게 감싸 안는 곳
부모님 곁으로 돌아가고파

눈꺼풀 무거워지고
머리가 깜빡거리고
사지가 말 듣지 않으면
부모님 곁으로 돌아가고파

두 손 모으고
마음 가다듬고
일생 정리하며
부모님 곁으로 돌아가고파

자손에게 당부도 하고
지인에게 인사도 하고
세상에 감사도 하며
부모님 곁으로 돌아가고파

어깃장 놓고 심술부린 것부터
용서를 빌고 또 빌고자
마음이 머무는 곳
부모님 곁으로 돌아가고파

잠시 부모님 슬하 벗어나
꿈 같은 세월 보내고
부모님 품 그리워
부모님 곁으로 돌아가고파

분리수거

건망증이 없는 것은 아니지만
잊히지 않는 기억은 고통으로 이어지고
우울증으로 나타나네
비로 쓸고 물로 닦아내려 해도
문서파쇄기로 썰어내려 해도
쉽게 지워지지 않네

알코올로 머리를 비워 보려 애써보지만
머리만 아프고 몸만 축내고 마니
망각률이 낮은 것도 문제가 된다는 것은
입시 공부할 땐 꿈에도 생각지 못한 것이었네

기억을 쓸어버리려 할수록
더욱 생생하게 떠올라
밤잠을 설치게 하고 미치게 하네
육신은 지하로 내려가고
영혼은 하늘로 올라가듯
잊고 싶은 기억은 폐기하고
보석 같은 기억만 재활용할 수는 없는 것인지

얼굴

옹달샘에서 솟아난 맑은 물은
모이고 모여
냇가로 흘러가고
오욕칠정은 가슴에서 발원하여
얼굴로 흘러간다
희로애락도 가슴에서 흘러나와
얼굴을 덮는다
자연은 자연으로 돌아가고
인간은 얼굴로 돌아간다

증오하고 탐욕스러운 마음은
뒤틀리고 이지러진 얼굴로 나타나고
착하고 순한 마음은
부드럽고 밝은 얼굴로 나타난다

마음의 모양새는 사실 그대로
얼굴에 비치니
얼굴은 마음의 거울이 아니던가

아버지의 아바타

수를 다 하시고
돌아가신 아버지 연세가 돼도
나는 애송이였네

아버지가 평생 이룩한 것을
키우기는커녕
지키지도 못하고
오그라들게 하였네

외모는 아버지 판박이라 하지만
아버지 발의 때만도 못하니
겉만 같고 속은 짝퉁이라며
아버지 얼굴이 아깝다고 하네

아버지는 내려다보시며
너는 나의 유전자를 가졌으니
이제는 너의 성공 신화 만들어
네 자식에 보여주라 하시네

고리

아기가 초롱초롱한 눈망울을 굴리면
엄마 아빠는 말없이 아기와 눈을 맞춘다
아기가 으응 으앙 울기 시작하면
엄마 아빠는 말없이 아기를 껴안는다
아기는 엄마 아빠와 소통하고
엄마와 아빠는 아기를 사이에 두고 연결된다

아기가 발버둥 치며 투정 부리면
조부모는 유모차를 준비한다
아기가 울며 보채면 이모는 젖병을 입에 물린다
아기는 조부모 이모와 서로 소통하고
한 가족은 아기를 사이에 두고 하나가 된다

아기가 맥이 풀리고 풀이 죽으면
보는 즉시 달려가 아기의 이마를 짚어본다
열이라도 있는 듯하면 엄마 아빠는 물론
조부모 외조부모 모두에게 비상이 걸린다
병원 말이라도 나오면
온 가족이 연줄연줄 서둘러 출동을 준비한다

용도폐기

강물도 흐르고
구름도 흐르고
세월도 흐르니
변하지 않는 것이 없다
변하는 것은 끝이 있고
새것에 밀려 옛것이 사라지는 것은
자연의 이치가 아닐 수 없다

그동안 얼마나 분망하였던가
외진 벽면에 붙어 있어도
수많은 사람이 찾아주고
손으로 만져주고 입술 가까이 대어주고
소곤소곤 속삭여 주기도 하지 않았던가
더불어 동전까지 보태주고
세상은 변하고 찾는 이 없어지니
쓸쓸히 퇴장당할 수밖에 없지 않은가

젊은 시절엔 여기저기서 끌어당기더니
늙어가며 외면하고 돌아서고
인기가 떨어지며
쓸모는 있어도
일감이 사라지니
유효기간 남아 있어도 폐기물로 처리된다

번호 인생

가면은 나를 대신하고 나를 감추어
내 이름은 가면 형상에 따라 불릴 뿐이다
가면이 벗겨지는 날 내 이름은 돌아온다

번호는 나를 대신하고 나를 나타내니
내 이름은 번호 뒤에 숨을 뿐이다
번호가 벗겨지는 날 내 이름은 살아난다

내 인생은 주민등록번호가 대신하고
학교에 입학하면 학번이 나를 대신한다
군입대하면 군번이 서열을 좌우하고
교직원으로 취업하면 교직원 번호가
회사에 입사하면 사원 번호가 신상을 대신한다

인생은 번호로 시작되는 숫자놀음이니
번호는 순서와 차이를 나타내지만
서열을 정하기도 하고
0과 1로 이분법을 만들 수도 있고
위상을 상징할 수 있으며
질서를 정할 수 있다

화장장에서조차
관의 대기 번호에 따라
저승길의 순서가 정해진다

번호는 가면과 벗하며
이름보다 앞서고
번호와 질서를 무시하고
제멋대로 살 수 없으니
내 인생은
번호에서 언제쯤 벗어날 수 있을까

시치미 떼다

하늘을 차고 나는 매에 꼬리표 선명하니
아무리 탐이 나도
무주물 아니어서 선점은 통하지 않는다

고려시대에서 유래하니
그 역사가 짧지 않고
현대에는 전화번호까지 달고 날아오른다

닭 잡아먹고
주인 달려오니
얼른 오리발 내놓는다

삶이 궁해진 탓일까
세월 따라 세상이 삐뚤어 가는 탓일까
여기저기서 드물지 않게 일어난다

엄마의 손질

엄마의 손질에는 끝이 없고 불가능도 없다
대구를 손질하다 미나리를 손질하고
딸의 머리도 손질한다

볼일 보러 나갈 때는 얼굴을 손질하고
비가 새는 지붕도 손질하며
엄마는 자식을 키워낸다

엄마의 손질로 자란 자식들은
회사를 세우고 나라를 키워내고
세계를 놀라게 한다

부엌에서 주택으로
그리고 사람까지 손질하여
엄마의 손질은
나라를 주무르고 세계를 움직인다

청춘 낚시

낚싯줄은 물 위에 던져놓고
낚싯대는 땅 위에 받쳐 놓았다
청춘남녀는 낚싯대 옆에 돗자리를 펼치고
벌렁 드러누웠다

낚싯줄은 찌와 함께 물결 따라 흐르고
여자는 남자의 허리를 잡고 장난을 친다
여자 다리 한쪽은
남자의 두 다리 위에 걸쳐있고
찌가 오르락내리락하여도
낚싯대는 그대로 있다

젊은 낚시꾼들은 사랑 낚시에 빠져
서로를 낚기에 여념이 없다
물고기 통은 텅 비어있어도
사랑으로 가득하고
물고기 통은 묵직하기만 하다

압력

용수철은 누를수록 되받아 퉁기고
팽이는 때릴수록 더 잘 돌아간다

작용과 반작용은 에너지를 분출하고
새로운 역사를 만든다

매질 당할수록
한과 증오는 자승으로 비등하고
역전과 반전은 기적을 창출한다

법무부 장관이 검찰총장을 찍어 누를수록
검찰총장은 더욱 반발하고
법무부 장관이 검찰총장을 압박할수록
검찰총장은 인기를 끌어모은다

인기는 풍선 타고 하늘 높이 날아오르고
검찰총장은 법무장관 건너뛰고
정상에 오른다

그대 얼굴

떠오르는 아침 햇살 반사하는 그대 얼굴
태양처럼 빛나고

저녁노을 스미는 그대 얼굴
부처처럼 거룩하네

달빛 내려앉는 그대 얼굴
호수처럼 평온하고

별빛 빠져드는 그대 얼굴
보석처럼 반짝거리네

빗줄기 흐르는 그대 얼굴
군자의 경지를 보여 주고

찬 바람 피하는 그대 얼굴
인생무상을 말하고 있네

책갈피

사이에 끼어든다고 다 불청객은 아니다
일렬로 늘어선 차량 사이로 끼어든
불청객도 있지만
내가 불러들인 끼어들기도 있다

책장은 같은 모양의 글씨를 잉태하고
일란성 쌍둥이로 태어나
서로 구별되지 않는다

한 쪽 두 쪽 세 쪽으로 작명하여 보지만
어디까지 눈길 주었는지 알 길이 없어
표지판을 세워놓는다

자주 찾아 어루만져 주기도 하지만
바쁜 일상에서
눈길조차 잊을 때가 있어

홀로 버려진 미운 오리 새끼라고
신세를 한탄하며
찾아줄 때까지 꼼짝하지 않고 서 있다

황혼

일상을 구겨 던져버리고
보이지 않는 그림자를 쫓아가네

밤과 낮의 경계조차 허물어지니
실상과 허상이 뒤섞이네

보지 못하는 것도 보고
듣지 못하는 것도 들으니
초능력자 아닐 수 없으나
모두 비정상이네
정상으로 돌아가는 길은 가파르고
비정상으로 가는 길은 평탄하네

막장은 다가오고
가고 싶지 않아도
등 떠밀려 끝이 보이는 길로 나아가네

5부

생명과 환경

절토

원형이 변하니 구도도 달라지고
지평이 달라진다

사지가 상실된 후
몸은 기형이 되고
혈액순환도 안되고 신진대사도 어렵다

수습해 보려 해도
구겨진 모양새는 성형이 되지 않는다

본래의 모습이 일그러진 뒤
원형은 추억 속에 잠겨있다

나팔꽃 에어컨

시뻘건 태양은
헐떡거리는 온도계를 팍팍 밀어 올리고
달아오른 대지는 이글거리는 열기를 토해내니
벌거벗은 건물은 불덩이가 되고
에어컨 실외기 돌아가는 소리 요란하다

나팔꽃 덩굴을 건물 외벽에 올리니
나팔꽃 줄기는
왼쪽으로 돌돌 말아 건물 벽을 타고 오르고
건물은 살아있는 방염복을 입는다

방염복은 뜨거운 태양을 밀어내고
온몸의 냉기까지 품어 대니
건물의 온도는 쑥쑥 내려간다

사회적 고통

어둠을 찢어 내고
세상을 깨운 것은
멀쩡한 신경 속 도려내어
몸으로 몰려드는 아픔 때문이었다

어찌 상처 하나로 끝나랴
은하수처럼 줄줄이 이어져 끝일 줄을 모른다

소금에 절인 몸은 몸부림치고
빛을 먹은 어둠은 배앓이하여
단 하나의 소원은 안락사였다

빚 갚을 길 없어
아기와 함께 승용차 속에 번개탄을 피우고
묻지마 살인으로 싱싱하던 생떼가 누렇게 변하는 것은
학교폭력 견디지 못해 고층 옥상서 몸을 던지는 것도
육신을 베는 아픔보다 더한 사회적 고통
마음이 베인다

수몰지구

호수에서 다가온 바람이 얼굴을 비빌 때마다
고향은 휘파람을 불고
물안개는 팔을 벌리네

가문의 역사를 늘려온
선조의 발자국 담은 문전옥답
한 뼘 찾을 길 없네

평상 위의 이웃들 간 곳이 없고
꿈속으로 사라져간 고향 산천
촉촉해진 눈으로 호수를 보네

세월 탓으로 마음 달래 보며
마음속 깊이 잠긴 대물림 종택
조상께 용서 빌고 또 빌어보네

도시의 흘수선

하늘이 긴장이 풀려 벌어진 사이로
화력 좋은 포탄이 집중 투하되면
깊은 잠에 빠진 도시는 쑥밭이 된다

도로는 두 손 들고 나자빠지고
자동차는 수영을 즐기고
구조대는 도로 위를 보트 타고 달린다

맨홀뚜껑은 튀어 올라 분수를 만들고
지하 방에는 물을 이기지 못한 일가족이 수장되고
물에 몸을 뺏긴 사람들은
멀리서 숨을 거두고 나타난다

댐은 물이 차오르는 높이 따라 수문을 열고
대피 경고를 내보내며 수위를 조절한다

도시 수로의 한계수위는 선박의 흘수선
흘수선은 바다에선 선박을 구하고
육지에선 도시를 구한다

진통

이를 깨물며
버거운 오늘을 이겨내는 것은
내일을 낳기 위함이다

아픔보다 더한 슬픔을
밤새워 밀어내는 것은
내일을 낳기 위함이다

파도로 밀려오는
그리움이 겹겹이 포개지고
존재의 가치로 견디어 낸
사랑을 잃은 서러움에도
명줄을 이어가는 것은
내일을 낳기 위함이다

천적

인간에게 그리 몹쓸 짓을 하였던 것일까
누구에게 피해 주고자 하는 것도 아닌데
인간은 원수로 치부하고 독을 품고 덤벼든다

몸집을 조금이라도 부풀리면
인간은 낫질하거나 기계 날을 돌려댄다
아예 독성 농약을 뿌려대기도 한다

자손들이 이곳저곳에 뿌리를 내리기라도 하면
인간은 난리를 치며 달려들어
씨를 말리려 한다

원래 자기 영토가 따로 있었던가
대자연 어디서건 환영받지만
인간만은
자기들의 영토를 빼앗기기라도 하는 듯
한 치의 땅도 양보하려 들지 않는다

신도 호의적이나 인간만은 적대적이어서
인간하고만 공존하지 못한다
같은 자연 생태계로서
평화로운 상호 공존은 불가능한 것일까

바람

바람은 어디서 와서
어디로 가는 것인지
시작도 알 수 없고 끝도 알 수 없다

바람은 착한 미소로 살그머니 다가와
귀를 간질이고 떠나가기도 하고
소리소리 지르며 떼로 몰려와
행패를 부리고 떠나가기도 한다

바람이 성깔이라도 부리면
세상은 난장판이 되고
폭우까지 몰고 와 위세를 떨치면
세상천지는 폐허가 된다

바람 따라 세상은 달라지고
희비가 엇갈리니
일기 예보에서는 바람의 속도까지 외쳐대고
바람의 눈치를 살핀다

바람이 인간의 바람대로
사랑과 행복만 몰고 오고
오래 머물도록 두 손 모은다

마두금*

마두금 소리가 초원을 울리고
골짜기를 넘어 갈대를 울리고 게르를 울린다
걸음을 멈춘 낙타가 마두금 소리에 빠져들고
잠시 숙연해진다

고향을 떠나온 지 얼마였던가
고향이 있기나 하였던가
하루를 달려 고단한 몸으로 밤잠에 떨어지면
다음날 다시 새로운 광야를 누비지 않았던가

떠나온 초원이 그립고
먼저가 버린 부모님이 그립고
멀어져간 형제가 보고프다

마두금 소리에 눈시울이 붉어지며
공연히 서글퍼져
어린 새끼 찾아 젖을 물린다

*몽골의 전통 현악기로 애절한 마두금 소리는 낙타가 새끼에게 젖
을 먹이지 않을 때 낙타에게 들려주면 낙타는 눈물을 흘리며 새끼
에게 젖을 먹인다고 한다.

바다를 삶으며

캐나다 근해에서 체포된 바다의 무사를 처치하러
붉은 갑옷째로 뜨거운 물에 삶아낸다
더욱 붉게 물든 갑옷을 해체하기 위해
칼과 집게 꼬챙이를 동원한다
몸통을 벌릴 때마다 바닷냄새가 뚝뚝 떨어진다

전신이 잘려 나간 바다의 무사는
이국땅에서 최후까지 저항하며
자기의 바다를 순순히 내주지 않고
갑옷이 부서진 뒤에야
자신의 바닷물을 쏟아 놓는다

바다 밑을 지배하던 갑옷의 무사는
이국땅에 끌려온 후
한껏 몸을 움츠리고
삶아진 속살이 드러난 후에야
자신을 운명에 내어놓는다

나뭇잎 커튼

커튼을 활짝 열어젖히니
컴컴하던 안 세상이 훤하게 보인다
햇볕 한 점 못 받던 밑바닥이
일광욕도 즐기고
바람 신작로 생기니 바람이 춤을 춘다

아파트 담장을 만들었던 나무숲이
뼈대만 남으니
바깥세상과 안 세상이 하나가 된다
아이들은 안팎 세상을 넘나들며 숨바꼭질하고
멍멍이는 신이 나서 안팎 세상을 뛰어다닌다

여름에는 울울창창한 커튼이
건물의 온도를 낮추고
지구온난화를 저지하며
에너지 절감에 기여하고
메마른 정서를 촉촉하게 적시지 않았던가

나뭇잎 떨어져 커튼이 활짝 열리니
안쪽 아파트와 밖 쪽 아파트는
마주 보게 되고
서로 인사도 나눌 수 있게 되어
안팎 세상이 거침없이 소통한다

겨울의 꿈

곁을 비우니 허전하고 아리고
홀로 남겨지는 슬픔이 겹겹이 쌓여가니
칼질당하는 고통이 밤낮으로 밀려온다

겨울은 한기를 품고 와 왕따당하니
푸르던 나뭇잎은 나무 곁을 떠나가고
철새는 겨울을 피하여 남쪽으로 날아간다

나그네도 제집 찾아 돌아갈 채비를 갖추고
야구도 일정을 마감하고 경기를 접는다
겨울은 모든 이별을 슬퍼하며 움츠러든다

서부의 포장마차처럼 줄줄이 떠나가 버리고 나면
슬픈 겨울은 몸살을 앓아 수척해지고
외로움에 지쳐 깊은 동면에 들어간다

동면이 길어지고
추위가 정점으로 치달으면
겨울은 떠나간 것을 다시 품는 꿈을 꾼다

인기

하늘을 찌르는 기운은 돌풍을 몰고 와
인기를 품은 회오리는
아이돌로 떠오른다

눈길 닿는 곳마다 열광하고
흔적마다 끌어당기니
마음은 풍선 속으로 빠져들고
몸은 열이라도 부족하다

인기에 영혼을 빼앗기고
환희에 깊이 취해
지각기관은 빙점하에서
두껍게 얼어있다

인기는 신기루라 치부하고
오르막의 끝은 내리막의 시작이라 되뇌이지만
불안한 마음 끊어지지 않아
돌풍이 토막 나기를 빌고 또 빈다

모종

아침저녁 문안 인사 빠지지 않지만
부끄러운 것인지 거만한 것인지
얼굴 보기 어렵네

정성 들여 물뿌리개로 공양하지만
빨아먹기만 하고 내보이지 않아
조바심하며 손꼽아 보네

새 생명의 탄생은 그토록 힘이 들어
기대를 접고 포기하고 돌아서려다
다시 한번 자세히 살펴보니

지성이면 감천이라 하였던가
씨앗 올린 상토판 위 파란 생명 움트고 있어
내가 낳은 파란 생명에 하루 종일 눈길 머무네

독도

멀리 있어도 함께 있고
보지 않아도 보고 있는
마음의 고향

한민족의 가슴에 자리 잡고
반만년을 숨 쉬어 온
한겨레의 피붙이

한반도 최동단에 홀로 외로워
쌍둥이 바위로 함께하고
검푸른 파도 몰아쳐도 사철 의연하다
우산(于山)*은 무릉**과 동해에서 만나
형제애를 돈독히 하고
출렁이는 한반도의 역사를 같이한다

아침 해 제일 먼저 맞이하여
한반도를 밝히고
한민족과 운명을 같이한다

*독도의 옛 이름.
**울릉도의 옛 이름.

안개

점령군은 소리 없이 밀고 내려와
차근차근 점령하여 간다
산 중턱에서 진군하여
산 아래를 완전히 장악하니
산도 사라지고 마을도 사라진다

점령군은 흔적조차 없애려는 듯
삼라만상을 싹쓸이하고
존재를 부정하며
상실의 허무를 실감하게 한다
인간도 사라지고 세상도 사라진다

점령군은 때가 되면 소리 없이 철군하고
사라졌던 삼라만상은
다시 들숨과 날숨을 반복하여
복원의 마술을 부린다
부활의 의미를 묵상시키며
허무를 집합시켜 실존을 늘어세운다

지구의 반란

땅과 바다가 성을 내고 심술을 부리니
인간의 신음은 하늘을 찌른다

땅은 갈라지고 용암은 솟구치며
성난 바다는
해안을 덮치고 세상을 휩쓴다

불볕더위는 화마를 끌어들이니
화마를 이기지 못한 인간은
지구를 떠나간다

대기오염에 대한 경고인가
환경 파괴에 대한 앙갚음인가

지구는 인간의 행태를 꾸짖으며
기후 이변으로 인간을 응징한다

6부

종교와 치유

슬픈 디아스포라

꿈속에 머무는 고향 떠난 지 얼마인가
지금도 눈물 머금은 고향은 남아 있는지
선택받은 민족이라고 기뻐도 하였지만
객지에서 떠돌이 생활 면하지 못하누나

유대민족은 유대 지방에서 쫓겨나며
눈물비 쏟는 난민의 비극을 개막하였고
고된 이주사는 세계 도처에서
오늘날까지 이어지고 있다

한반도라고 예외일 수 있을 건가
먹고살기 위해 하와이 사탕수수농장으로 몸을 옮기고
머나먼 멕시코 용설란 농장에서 노예 생활을 하고
그리고 다시 조각난 희망을 꾸려
쿠바 사탕수수농장으로 이주하기도 하였다

집 떠나면 고생이란 말은 얼마나 사치스러운 말이던가
이주민들의 삶이란 죽지 못해 사는 삶
농장 노예로 연명하며 죽어가지 않았던가

베트남 패망 후와 아프간은 어떠하였는가
나라가 통째로 사라지며 보트에 목숨을 싣고
망망대해를 배회하지 않았던가
지금도 절망으로 쫓기는 난민은
끝없이 줄을 잇고
대한민국은 난민의 희망으로 떠오르지 않았는가
뭉치면 살고 흩어지면 죽는다고 하였던가
설움 젖은 타국에서도 같은 의관으로 살아가고
같은 명절을 지내고
고향 놀이를 같이하고
고향의 언어를 잊지 않고
동일 민족의 정체성을 유지하려 얼마나 애써왔던가
생기는 것 없는 전통을 고집한 것은 어떠하고

고향에 돌아가도 마음은 타향
발을 붙일 곳은 있어도
마음 붙일 곳이 없다

부활의 계절

앙상한 나목이 동상 걸리게 하던 동토가
봄볕에 슬금슬금 풀리기 시작하면
숨을 죽였던 시냇물이 기지개를 켠다

온몸이 말라 풀이 죽었던 버드나무도
생기를 쪽쪽 뽑아 올리며
가지마다 힘이 뻗친다

캄캄한 동굴 속에 갇혀있던 주검이
밝은 세상으로 걸어 나오던
부활절도 돌아온다

삼사월이면 봄은 생명력으로 피어나고
호흡이 정지됐던 대지는 꿈틀거리고
세상은 활력이 넘쳐난다

임종키스

코로나 창궐로 세상은 벌벌 떨고
사회적 거리 두기는 마음의 벽을 쌓는다

코로나 중증으로 병상에 누우면
절해고도에 위리안치되어
가족조차 만나지 못한다

병상에서 일어나지 못하면
화장장에서 유골 되어서야
가족과 상봉하게 되니
능지처참보다 더한 형벌이 아니겠는가

노환으로 몸져누우면
가족의 따스한 손길도 느낄 수 있고
가족의 품 안에서
행복하게 눈 감을 수 있으니
코로나 시대 노년의 꿈은
사랑하는 사람과 키스하며
임종하는 것이 아니겠는가

코마(Coma)

한 가운데 띠를 두른 깜깜한 바다가
끝이 없는 수평선을 달린다
양쪽의 경계는 분명하고
경계 양쪽은 전혀 다른 세상이다
양쪽에서는 어느 쪽도
제삼지대를 넘나들 수 없다

온갖 인연과 애증의 세월은
바다에 잠겨지고
추억은 백지장으로 기록되어
실존의 의미가 상실되고 있다

저세상으로 가는 길목에 자리 잡은
제삼지대는
머리와 심장이 멈춘 것은 아니어서
애매하고 모호하다

이승을 떠나 저승으로 가는 간이역에서
신의 세계로 입장하기 위해
의식을 돌려보내고 신을 영접한다

원

시작은 어디이며 끝은 어디인가
위는 무엇이며 아래는 또 무엇인가
시작도 없고 끝도 없는 길을
홀로 돌고 또 돈다
니체의 영겁회귀도 원형에서 비롯하는가

사순절의 기억

밝음은 어둠에 이어지고
기쁨은 슬픔을 떨치지 못한다
사순절은 부활절을 예고하며
마음을 가다듬는다

붉은 피로 태어난 환희는
어두운 동굴 속에서 잉태되고
죽음에서 돌아온 삶은
사순절로 천년만년 살아있다

사순절에 맺힌 자목련 꽃망울은
예수의 피를 머금고
사순절에 맺힌 백목련 꽃망울은
어머니의 수의를 품고 있다

거룩한 일생

혼자 사는 삶에는
꽃이 피지 않고
씨를 맺지 못한다

암수의 조화는 신의 섭리이니
사명감 앞세워 자기만의 이기를 내려놓고
종의 보존에 한몫한다

자기 한 몸 챙길 겨를 없이
꽃을 피우기 위해
모든 자양분을 쏟아붓는다

잎사귀가 노랗게 시들고
뿌리마저 말라버린 후
씨를 퍼뜨리고 한 세대를 마감한다

술래 피하기

술래는 보이지 않는 저승사자
술래에게 잡히면 모든 것이 끝장이다
술래는 세상 끝까지 촉수를 뻗치고
지구 구석구석 수색에 나선다

아무리 사회적 거리 두기를 하고
얼굴에 복면도 하고 머리카락 보일라 깊이 숨어도
술래는 여기저기 핀셋 질을 해댄다

신이 강림하는 교회에서도
술래는 판을 치고 병원이나 학교는 그의 손바닥이다
술래는 귀신보다 무섭다

정부는 집안에 꼭꼭 숨으라 하니
상가는 썰렁하고 경기는 곤두박질쳐
서민들은 못 살겠다고 아우성친다
문설주에 양의 피를 묻히면
술래가 건너뛸 것인지 술래를 피해 꼭꼭 숨을 곳을 찾는다

사랑의 에너지

검은 망토에 휘감겨
문 앞에 서성이는 것을 본 순간
급속 냉동 새우가 되어
꼼짝 못 하고 얼어붙는다

의식은 꿈틀거려도
몸이 제어되지 않아
얼음덩이로 바닥에 내동댕이쳐진다

누런 하늘길이 다가오고
어서 오라는 손길은
발길을 끌어당긴다

발걸음을 떼는 순간
보이지 않는 힘이
발길을 붙잡는다

사랑은 에너지로 변하여
저승사자를 물리치고
힘 있게 벌떡 일으켜 세운다

노아의 방주에 승선할 수 있을까

도공은 흙을 구워
아름다운 도자기를 만들고
하느님은 흙을 구워
아름다운 인간을 만들었다
도자기는 영원히 아름다워도
인간은 날로 추악해져
하느님은 여러 차례
인간을 심판하지 않았는가

빈곤층은 생계형 범죄에 익숙하고
중산층은 재산형성 범죄에 무감각하다
사회지도층은
위장전입 다운계약서 작성에 죄의식이 없고
풍속범은 위아래가 따로 없지 않은가

하느님은 단 한 번의 실수로
인간을 창조하고
소돔과 고모라는
불과 유황으로 사라지게 하고
대홍수로 인간을 싹쓸이하였다
노아는 방주에 승선하여
새 인류의 씨앗이 되지 않았던가

창세기는 물과 불로 세상을 다스리고
이십일 세기는 바이러스로 인류를 지배하니
코로나가 세상을 휩쓸고 있는 이 시대
누가 노아의 방주에 승선할 수 있을까

태아도 코로나는 무서워해

출산을 앞둔 임산부는 태산을 안고
허리는 뒤로 제치고 먼 하늘을 보며
언제나 기도하며 다닌다

밤하늘의 별 하나 나사렛으로 떨어지고
광야에서 장군이 말을 달리는
꿈도 꾸어 보지만

태아는 엄마 배에서
나올 생각을 하지 않는다
악성 호흡기 전염병 세상 두려워
아무리 밀어내려 애를 써도
꼼짝도 하지 않는다

세월은 곡절 없이 흐르고
태아는 성장을 멈추지 않으니
임산부는 하늘을 외면하며
제왕절개를 한다

마스크가 새로운 신이다

신은 어둠을 남기며 먹구름 뒤에 숨었다네
코로나로 불려 간 교인은
홀로 임종을 맞이하여
연도조차 받지 못하고
불구덩이 속에 던져져
얼굴 없는 뼈마디로
화장장에서 유족과 마주한다네

성경으로 살고
기도로 생활하며
성전 문이 닳도록 신을 섬겼지만
성전 속에서 가시관을 쓰고
십자가를 짊어지는 것이라네

신은 우리를 외면하고
기도에 응답도 하지 않으니
의지할 수 있는 것은 마스크뿐
마스크가 이 시대 구세주로 나타난
우리의 새로운 신이라네

별을 가지고 놀다

병상은 바다 위의 쪽배
물 위에 떠 있는 기름
시장통의 무인고도를 절감하네

종일 누워 있어도
찾는 발길 뜸하고
딱히 할 일도 없네

살아도 사는 것이 아닌
절해고도의 로빈슨 크루소
너른 세상에 홀로 버려져 있네

창밖의 별 헤아리고
별자리도 찾아보고
별의 이름도 불러보네

별도 내 처지 아는지
내 눈에서 벗어나지 않고
반짝거리며 나와 함께하네

삶이 겨운 한계 인생에
함께하는 재미 느끼게 하고
이승 쪽으로 기울게 하네

죽어가는 겨울

인류를 스러지게 하는 재앙은
쓰나미로 몰려오고 팔딱거리는 세상을 덮친다

바이러스는 더위에 헐떡거리고
추위를 즐긴다
코로나도 추위를 등에 업고
더욱 기세등등하여 세상을 벌벌 떨게 한다

학교도 학원도 풀이 죽어 제 몫을 하지 못하고
경기장도 공연장도 꽁꽁 얼어붙어 있다
인간은 하나같이 입에 철문을 달고
무법자의 침입에 대비한다

겨울은 추위를 타며 힘을 뻗치고
세상이 두 손 번쩍 들게 하지만
꼬맹이 바이러스 앞에선 꼼짝도 하지 못한다

추위가 더할수록 코로나는 더욱 판을 치니
세상은 풀이 죽고 겨울도 죽어간다

종교와 코로나

신은 현세와 내세를 구원하니
생전이나 사후에도 걱정할 것 없고
언제나 기도하면 된다고 하네

신이 지켜주고 구원해 주니
언제 어느 곳에선 두려워하지 않고
어떠한 위험과 고난도
기도로 이겨내고자 하네

기도가 구원이라 믿으며
바이러스도 두려워하지 않고
코로나에도 기도 예배는 거르지 않네

종교집회에서 코로나 확진자 급증하니
신(神)보다 센 것이 나타났다며
기도 예배하기 전 마스크부터 챙기네

암보다 무서운 병

육신을 다스리던 영혼이 빗나간 사이
착한 마음이 떨고 있네
그냥 입안 가득 던져버릴까

메리를 데리고 산책하고
몬스테라를 곁에 두고 살아도
혼자라는 생각은 지워지지 않고
텅 빈 마음은 채워지지 않네

밤새 넷플릭스 돌려 보고
치맥과 배달음식 시켜 먹어도
입맛은 돌아오지 않고
외로움은 견딜 수 없네

반려동물도 고독감은 해소해 주지 못하고
반려식물도 우울증에 도움이 되지 못하니
수면제를 입안 가득히 던져넣으면
더 이상 외롭지 않을 것 같아
쌓아놓은 약 봉투를 만지작거리네

얼빠진 사랑

잔잔한 호수에 비친 얼굴은
내 얼굴이 아닌 그대 얼굴
깜짝 놀라 다시 보아도
물 위에 뜬 그대 얼굴

내 얼굴이 호수에 비치지 않고
내 마음이 호수에 비치고 있네

하루라도 그대를 건너뛴 적 없고
일 년 열두 달 내 마음속에 담겨있어
내 마음속에 새겨진 그대 얼굴이
눈으로 반사되고 있네

내 눈에 보이는 것은
온통 그대 얼굴뿐이니
나는 언제나 그대 세상에 살고 있네

시간의 잔해

최장호 지음

발행처   도서출판 **청어**
발행인   이영철
영업   이동호
홍보   천성래
기획   육재섭
편집   이설빈
디자인   이수빈
제작이사 공병한
인쇄   두리터

등록   1999년 5월 3일
          (제321-3210000251001999000063호)

1판 1쇄 발행 2025년 3월 31일

주소   서울특별시 서초구 남부순환로 364길 8-15 동일빌딩 2층
대표전화 02-586-0477
팩시밀리 0303-0942-0478
홈페이지 www.chungeobook.com
E-mail   ppi20@hanmail.net

ISBN   979-11-6855-320-0(03810)